À mon agent, Becky Bagnell.
Merci pour ton soutien, ta sagesse et ton amitié.
P. B.

À Natacha.
M. B.

Première édition en langue anglaise en 2015
sous le titre *Never Tickle a Tiger*,
par Bloomsbury Publishing,
50, Bedford Square, Londres, Royaume-Uni.
www.bloomsbury.com
Texte © Pamela Butchart
Illustrations © Marc Boutavant
Tous droits réservés.

© 2015 Éditions Nathan, Sejer, pour la présente traduction.
25, avenue Pierre-de-Coubertin, 75013 Paris.
ISBN : 978-2-09-255900-0
Loi n°49-956 du 16 juillet 1949
sur les publications destinées à la jeunesse,
modifiée par la loi n°2011-525 du 17 mai 2011.

Achevé d'imprimer en avril 2018 par Leo Paper Products, Heshan, Cuangdong, Chine
N° d'éditeur : 10243729 – Dépôt légal : avril 2015.

Ne chatouille JAMAIS un tigre !

Pamela Butchart

Marc Boutavant

Nathan

Zélie adore remuer, gigoter, s'agiter, se trémousser et toucher à TOUT !

– Zélie, **arrête** de jouer avec tes petits pois! gronde son père à table.

– Zélie, **cesse** de peindre avec tes nattes! lui demande sa maîtresse en classe.

– Zélie, laisse ce gâteau tranquille !
s'écrient ses amis.

Mais elle a beau essayer,
elle n'arrive vraiment pas à rester immobile.
– Je n'y peux rien, soupire-t-elle.
J'ai la bougeotte.

Un jour, lors d'une sortie au zoo,
personne n'est donc étonné lorsque Zélie se met à remuer,
à gigoter, à s'agiter, à se trémousser
et à toucher à TOUT !

– Et SURTOUT, ajoute la maîtresse...

... ne chatouille JAMAIS un tigre !

À l'heure du déjeuner, Zélie ronchonne en tripotant son sandwich.
« Ce n'est pas juste, se dit-elle. Je ne peux jamais rien faire !

Après tout, je ne vois pas ce qu'il y a de mal
à s'agiter un peu ? »

Pendant que les autres enfants finissent leur déjeuner, Zélie a une idée.

Elle saute du banc sur la pointe des pieds,

rampe sur le sol,

se faufile à travers un buisson,

dépasse la volière
et arrive devant la cage...

... du TIGRE.

qui étrangle un flamant rose
    qui donne un coup de pied au panda roux
        qui renverse l'ours qui atterrit sur un morse
            qui bouscule un paresseux
                qui écrase un manchot

— GRAOUHHH ! rugit le tigre.
Il se redresse avec une telle colère qu'il brise une branche...
sur laquelle dort un serpent

« Voyons voir… »
se dit Zélie.

Elle glisse sa plume dans la cage
et commence à chatouiller l'animal.

qui envoie valser un rhinocéros
qui percute un hippopotame...

qui gifle un crocodile qui mord une moufette
qui frappe un panda

qui atterrit dans l'eau ! SPLASH !

Alors le lion rugit
le perroquet glousse
le serpent siffle
l'éléphant barrit

la maîtresse hurle de peur
les enfants hurlent de rire.
Et le gardien du zoo
arrive en courant.

QUELLE PANIQUE !

Tout cela à cause de Zélie qui se met alors à crier :

Et devinez quoi ?
Ça a marché !
Le gardien du zoo a arrêté de courir.
La maîtresse et les enfants ont arrêté de hurler.
Et tous les animaux
sont rentrés chez eux.

Puis Zélie a simplement déclaré à sa maîtresse :
— Vous aviez raison, Mademoiselle,
je ne chatouillerai plus jamais un tigre...

... mais pourquoi pas un ours polaire ?